# 與文字談一場戀愛

## 項美靜詩集

新世紀美學　出版

美静的诗
　　——给项美静

窗边这朵小花
在晨光下静静地开
静静地美

如一首隽永的小诗
美美
静静

　　　　　　　非马 [印章]
　　　　2016年1月于芝加哥

2

非馬，本名馬為義，英文名 WILLIAM MARR，1936 年生於臺灣台中市，在原籍廣東潮陽度過童年。臺北工專畢業，美國馬開大學機械碩士，威斯康辛大學核工博士，在美國從事能源及環境系統研究工作多年。著有詩集《非馬的詩》、《非馬新詩自選集》(共四卷)、英文詩集 AUTUMN WINDOW、 漢法雙語詩集《你我之歌》及漢英法三語詩集《芝加哥小夜曲》，散文集《凡心動了》及譯著法國現代詩人《裴外的詩》及《讓盛宴開始—我喜愛的英文詩》等。作品被收入一百多種選集。主編《朦朧詩選》、《顧城詩集》、《臺灣現代詩四十家》及《臺灣現代詩選》等，

# 與文字談一場戀愛 ┃目次

## 輯一　　風花雪月

# 與文字談一場戀愛 | 目次

## 輯四　彼岸花

# 行走在江南與臺北之間

懷 鷹

我是在臉書上認識項美靜,她是個很勤奮的詩人,常有詩作發表。偶爾,我也會評論她的詩。她想出一本詩集,要我為她的詩集寫序,考慮再三,接下這個"艱巨"的任務。 項美靜是在江南長大,後移居臺灣,兩種不同的社會環境,生活以及文化的撞擊,都是一段特殊的經歷。 也許因為生長在江南,她的詩帶有濃郁的江南氣息和韻味。江南特有的景和情致,也成為詩裡一道道鮮明的色彩,柳堤、汨羅江、高粱地等,雖然不是專注於景物的描繪,卻也讓我們領略江南的一絲風采。

無論是寫景、寫情、寫人,項美靜都帶著一支淡淡的彩筆,不經意的揮灑,情感不那麼張揚,娓娓的敘說,讓你在文字的跳躍中感受她對家鄉的摯愛和依戀,對親人的思懷。 由於遠離家鄉,鄉愁是自然的心情寫真。"夕陽在黃昏的海岸揮灑寫意 落日,是祂蓋上的一枚郵戳。你收到了嗎?我遙寄的思念。"……〈岸〉。當詩人在"黃昏的海岸"徘徊,落日在她眼中化成了一枚思念的"郵戳",這思念"遙寄"給她的父親,這想像不是很特別的意象,卻含著一股悲穆的壯美。這是"鄉愁"的另類婉轉表達。

直抒胸臆的"鄉愁",在〈花非花〉的第一則裡,詩人這麼寫:"鄉愁是旅人隱忍不落的一滴淚花在眼角,不開不謝" 從這

短短的詩裡，我們看到詩人對文字的掌握極有火候，鄉愁寓淚
花，這樣的比喻並不出奇，奇的是它"在眼角，不開不謝"，
化平淡為絢爛，淚花蘸滿鄉愁，該是浩淼如江河，卻收發自如，
輕描淡寫，萬般無奈，那淚花的意象就更濃郁飽滿了。〈黃昏
的獨白〉、〈捉迷藏〉、〈遠方〉、〈霓虹夜〉、〈荷鋤〉、〈歸
路〉、〈燕歸來〉、〈今天，不寫詩〉、〈走近母親〉、〈清
明的天空〉等篇，或多或少牽涉到這個題旨，或點墨，或揮灑。
詩人的心情是感傷的，這感傷的痕跡處處可見，這也是很自然
的。"我隱藏你／在哀傷的詩裡"......〈籠子〉，"微笑與憂
傷重疊的縫隙"......〈遠方〉，"將筆尖的傷感深耕"......〈傳
奇〉，"思念將天空染成'憂傷'"......〈今天，不寫詩〉，
"用思念的痛，刻一首銘心的祭文"......〈今天，不寫詩〉，
"用歲月的滄桑，卷一支煙"......〈今天，不寫詩〉，"太陽
灼燒著憂傷"......〈清明的天空〉，"你用千年的光影，沉默
了憂傷的浮雲"......〈南雅奇岩〉。這些不是驚心動魄的文字，
憂傷反映詩人的鄉愁，思念藏在綿綿的憂傷中，憂傷即思念；
也不是那種牽腸掛肚的呼喊，而是細膩的文字彩帶，帶點夢幻
似的惆悵與失落。

項美靜寫得較多的是短詩，總體的感覺是精緻而典雅，常有曲
折、蜿蜒而又詩意盎然的文思、文筆。 她不是那種沉溺於個人

小天地的詩人，可也不是為社會疾呼、戰鬥的歌者。她寫的是自己最真的感覺，雖然不一定有什麼積極的思想力量，卻也能讓人在賞讀之中獲得一種心靈的滋潤。如："筆管膨脹，將一夜邂逅，寫成刻骨"......〈與文字談一場戀愛〉，文字之愛，像一把雕刻刀，雖是"一夜邂逅"，卻寫成刻骨銘心的愛，一切盡在不言中。"柳樹低著頭，對自己的影子掉了一晌的淚"......〈黃昏的獨白〉，"黃昏下，坐盡一頁心事"......〈黃昏的獨白〉，"啄木鳥從樹上叩下最後一個落日"......〈黃昏的獨白〉，"蟻群馱著流年"......〈南雅奇岩〉，"以夢作肥料，孵一窩標點符號"......〈荷鋤〉，"一隻，從硯池飛起來的白鷺／正落在五月的畫紙上"......〈行走在五月〉，"我拍拍塵土，牽著夕陽走向西方"......〈今天，不寫詩〉。

將簡單但優美的意象圖像化，並賦予詩意的想像，是項美靜的詩令人感到驚喜的地方。柳樹低頭對著自己的影子，是在尋常的視覺範圍內，也許是一張平面圖，但"掉了一晌的淚"，立時將我們的思維裡的想像空間拓展，浮想聯翩，你會忍不住再回頭去看，想要惴摸柳樹為何"掉了一晌的淚"？原來那是詩人對家鄉的回憶，更貼切的說，是對童年時光的點滴書寫。那優雅而略帶憂傷色彩的場景，那熱鬧而充滿童真的螢火蟲的"幽會"，雨中的柳樹，遁入空門的青蛇，忙著穿梭的蜘蛛，叼起橄欖枝的鴿子，還有穿過掌紋的蟬聲，"黃昏下，坐盡一頁心事"，那留白處堪可玩味；還有叼下落日的啄木鳥等等，把家鄉的童年描繪得有如一個夢的盛宴。〈黃昏的獨白〉雖然是一首回憶之作，卻與一般的回憶不一樣，不同的地方在於，詩人調動了想像的力度，以一幅一幅畫面，一筆一筆精心的勾勒，一組一組電影似的鏡頭，呈現出童年裡最令人懷念，最值得回味的部分，帶給我們的是微醺的酒意加上飄逸的詩情。

詩人的心態是灑脫的，雖然寫哀傷，也不在文字裡渲染"此恨綿綿無絕期"的痛苦與無止境的無奈。相反，她總是以一種冷靜、灑脫的眼光來審視所發生的。〈今天，不寫詩〉是一首"祭文"，是為她爸爸寫的祭文。當然，爸爸生前的一切會走入她的詩中。不同的是，爸爸對她的愛是通過她對爸爸的某些生活細節描寫出來，如"煙灰缸殘留的煙還在縈繞"、"被您鬍鬚磨蹭的臉頰還刺刺的痛"、"用歲月的滄桑，卷一支煙"、"路過的老黃狗／眼角泛著無辜的淚光"，很真實也很立體的呈現爸爸的"形象"，最後用一句"我拍拍塵土，牽著夕陽走向西方"作結。天涯路遠，留下的是淡淡的夕陽，淡淡安靜的回憶，卻讓人熱淚盈眶。

當然，移居臺北後，受臺灣人文環境和文化氛圍的影響，她的詩也有了某些現代詩的影子。這是可以理解的，可以說，她是生活在江南與臺北的隙縫中，一方面受江南的柳岸鶯啼的影響，一方面受臺北現代詩風的薰陶，這不是壞事，兩者可以融合。只是，在量的對比上，寫現代的題材還不多，但可以看出她努力的軌跡。這是不能比較的，對詩人來說，倒是一個創作上的契機。有些詩雖然寫了臺北，寫了南雅，倒不一定是屬於臺北的詩，詩人也不刻意去追求這種地域上的象徵。 在〈私奔〉這首詩裡，詩人寫道："陽光在睡眠中死去 昨日在夢中醒來睫毛，扛著十字鎬的陰影 蹣跚而行" 很明顯看得出，臺灣現代派的詩風和表現手法在詩裡顯現了。對大陸詩人而言，這樣的文字的結構和構思是陌生的，他們習慣文字的起承轉合，習慣傳統的思維方式，很難想像睫毛如何扛起十字鎬的陰影，而這正是文字經過重組之後的變形，呈現出別出心裁的演進。 再看〈蚊子〉一詩裡，出現這樣的句子："擰斷維納斯的手臂割下梵古耳朵，舔舔傷口扯下幾縷青絲，編一支筆塗寫一夜煎熬" 這是很地地道道的現代詩的詩句，將想像無限放大，繼之縮小，集焦在一個中心裡（塗寫一夜煎熬），這樣，維納斯和梵谷就能完成他們的任務。

項美靜在寫"現代詩"方面，也是得心應手的，她的江南的身份並不妨礙她對現代詩的探求，在某方面來說，她已具備寫現代詩的資格。"叮咚！誰呀？外送！ 這緊要關頭，奶奶的！靈感萎頓成蚯蚓，一首夭折了的詩，夭折了詩人的快感"……〈寫詩〉，寫得很恢趣，也很有現代感，與江南的詩的典雅憂傷完全不一樣，雖然只是一個突湧的事件與靈感，卻也營造出一種節奏。當然，這首詩不算成功之作，但也讓我們感覺到詩人在她所處的生活環境（臺北）裡偶爾興之所至的靈感，這說明詩人已逐步融入臺北的生活節奏和詩歌領域。"一支煙的功夫，從封面走到封底，走進一條沒有路燈的死胡同，幹，害我視力下降到 0.1"……〈讀詩〉，偶來的即興之作，在項美靜的詩裡不少，這也是現代詩人的習性之一。這類的詩要寫得好確實不易，必須能寫得"與眾不同"，才能脫穎而出，而不單單只是個浮誇的鏡頭。項美靜的優勢在於她對文字的領悟，抒情加上刻畫，使她的詩不那麼浮面。我們期待她有新的突破。

2015 年 8 月 15 日寫于泰南合艾市

懷鷹原名李承璋，福建南安人，新加坡公民。擔任過電視臺華語戲劇組編劇、華文網頁主編、記者、撰稿人及導播、《聯合早報網》高級編輯。曾獲國外 25 項文學獎項，出版 25 本書，目前為專業作家。

# 美靜的詩

向 明

正如新加坡詩人懷鷹在評論項美靜的文中所言，「她的詩帶有濃郁的江南氣息和韻味，江南特有的景和情致，也成為她詩裡一道鮮明的色彩。」這無疑是項詩的一大特色。我則認為她詩中的中國古典意象特豐，尤其歌咏江南的古典詩詞和具絲竹之美的崑曲韻緻都能被她活用在詩中，形成一種特具江南風味的「地緣詩」，常常使人在現代情境中發古典的幽思。

讀遍項美靜這本集子中全部的詩作，可以發現她的作品可分為兩大類別，一、為以小行數形成的所謂「輕型詩」，也就是菲律賓詩人王勇所倡導的「閃小詩」，係在六行規制內，不超過五十字的微型作品，這種詩以小見大，可寫出出人意料的詩意，且看這兩首三行詩：

＜小橋＞
將身體彎成弦
任溪流撥弄
一曲，高山流水

＜影子＞
白天，與我跟太陽爭寵
夜晚，留我獨自咀嚼寂寞

14

甩不開的糾纏，抓不住的緣份

<踏浪>是她另一類較長型詩的代表作，這首詩利用浪的動態形象，象徵生命的堅強與倔傲，也寫出生活的不安與流徙，是一首情景交溶得恰到好處的詩。

<踏浪>

穿過潮的白紗
跳上浪的肩頭
用披肩兜起繁花萬朵
為我的詩賦譜曲

血液拍打骨骼的聲浪
是我生命的吶喊
一道道潮湧
湧動著生命的倔強
一陣陣浪起

澎湃著生命的激情

潮水湧來，思念湧去
述著心靈的遷徙
來了，我還是要去
去了，我還是要來

我是一朵浪花
註定在海的懷中綻放

懷鷹先生在評論項美靜詩的文中說，「對大陸詩人而言，台灣現代詩的結構和構思是陌生的，他們習慣文字的起承轉合，習慣傳統的思維方式，很難去追求台灣流行的現代詩風。然而項美靜到了台灣後卻能對此環境應付預如，也有了某些現代詩的影子」。其實我的杞憂倒恰與此相反，我倒希望她不要如此快的「入境隨俗」，把固有的表現技巧隨意放棄，寫出完全台灣風味的詩。台灣詩壇寫詩人數眾多，同質性已經高到所有的詩都像同一生產線上的產品。只有具獨特個性寫作的詩人，才是整個詩壇所應珍視的。這是我對項女詩人的未來期望。

向明，湖南長沙人，一九二八年生，本名董平。1949 年隨軍
來台，從事新詩創作及評論、隨筆六十餘年。為藍星詩社重要
成員，主編藍星詩刊多年，曾任中華日報副刊編輯、年度詩選
主編、新詩學會理事、國際筆會會員、國際華文詩人筆會主席
團委員，臺灣詩學季刊社社長。曾獲優秀青年詩人獎、五四
文藝獎章、中山文藝獎、國家文藝獎、中國當代詩魂金獎。
一九八八年世界藝術與文化學院頒贈榮譽文學博士學位。出版
有詩集及評論三十餘種，現為自由作家。

## 致前輩

你說，我的詩很美
不是古代人卻有古典味
那是，睢鳩的魂
穿越了時空

你說，我的詩
有濃郁的江南氣息和韻味
那是苔溪岸邊，柳枝
不經意揮灑的煙雨

我是一條馱著滄桑的小溪
除了向前，無路可行
任垂柳與孔丘隔岸拔河
我跳著恰恰，奔向天涯

看，蜻蜓點水
複製了我的腳印

2016.3.10

# 輯一 風花雪月

## 我乃西塞山前的一隻白鷺

我在苕溪岸邊
偷偷摘了一枝故鄉的柳條
在夜裡，當筆
寫一曲相思

我乃西塞山前的一隻白鷺
流落在福爾摩沙左岸
於荷花盛開的時光裡
婉約成曉風殘月

你看見了嗎
我藏在詩裡的江南煙雨
在柳尖化作一縷清風
浪跡天涯

2015.7.11

# 紅塵渡口

羅裙輕提漾了誰的心堤
藕絲萬千牽了誰的情思

撐一把竹篙
紅塵渡口等你回眸
載一舟煙渚
飄渺仙境與你共舞

我在蓮花座上端坐千年
只為今生與你相見


2014.7.18

# 靜

1

紅顏與流年劃拳叫板
千年朽木紅土沉香

沏一壺白片
聽雪飄落的聲音

風不言，茶無語
惟有葉飄香

2

小草舒展身軀
掀開鬆軟的雪被

屏息，怕呼吸
驚動她的夢

抬頭，天大一張紙
浮雲　行書

3
影子從東牆繞到西窗
炊煙近了雲朵遠了

窗格　剪影
一個飄渺的黃昏

撿起幾聲鳥兒啾啾的鳴叫
雪融處，春天醒了


2016.2.28

## 一個人的夜晚

誰在月下拉著二胡，是你嗎
琴聲亂了禪坐的荷影

合上詩集，一隻蝶從書頁飛出
午夜，是夢開始旅行的時侯

把春色塞進枕頭
魚遊進夢裡，還有鳥鳴和花香

一個人的夜晚，想你
想你的心情和相見一樣，很美


2016.2.28

## 風花雪月

風
風推開半掩的窗幔
爬進詩裡
竊取了初稿的童貞

花
或許，前世欠妳一個清風明月
今生，化成一朵蓮
還妳淡淡幽香
在寂寥清冷的夜

雪
是誰在輕叩窗櫺
哦，原來是寂寞的飛雪
在梅的枝頭起舞
留白處，暗香盈袖

月
將一池碎影撿起
放入字裡行間
詩頓時泛起憂傷的漣漪

2015.6.25

# 蒲公英

隨手撿起幾句仲夏的蟬聲
不經意，撿到
蒲公英抖落的一往深情

追風，是為了尋找下一個
綻放的舞臺
風流的獨白，在空中落款

欣喜的目光隨蒲公英飄揚
我也要飛翔
在詩歌的國度輕舞飛揚

2015.7.7

# 花非花（外二首）

1

鄉愁是旅人隱忍不落的

一滴淚花

在眼角，不開不謝


2

靈感是詩人奢求的

一朵火花

在字裡行間，若隱若現


3

激情是生命澎湃的

一抹浪花

在心海，載沉載浮


2015.6.1

# 曇花

緩緩撩起神祕的面紗
燦爛的容顏
掠奪了我的雙眸

來不及眨眼，妳已倉促離去
匆匆一瞥
結下千年情緣

繾綣在瞬間的欺騙中
不願醒來，確信
妳曾來過，我的白衣仙子

2015.7.2

# 風

　1
色膽包天
不時任意撫摸
往事


2
不必
捕捉影子
為虛空傷懷


3
你窮追不捨
無非想竊取
更多私密


4
緘默
以眼為唇，當我
面對告密者


2015.11.6

# 觴逝

三月，眾花競妍
而你是最靜的那朵
靜的能聽見你綻放的聲音
泄了春光

雨絲飄落
悄悄劃破花褪殘紅的季節
轉身之間
已錯過一場盛開的花事

點一盞燭火
心思獨坐光的肩頭
將孤影放逐於一葉落瓣
隨風輕渡，曲水流觴

2016.3.4

# 油桐花

風牽著白雲奔跑
在六月的山頭

失憶的稚情
化為鳶
喚落一地雪
白了頭

2014.5.2

# 春色

1
看著桃花
想著桃花
我的三月桃花不來

2
桃花正桃花著
我的桃花，聞風
色變，逃之夭夭

3
一樣的三月
一樣的春風
桃花在她臉上粉著
梨花在我眼裡淚著

4
昨夜
雨點桃花

偷香

今晨
清風淺吟
竊紅

5

自從跌入水中
我便開始江湖

以一襲水袖紅了凡塵
比桃花，桃花

6

一眼認出
你便是去年的那朵
因為潔白
還有你眼中的憂傷

7

與梨花一夜對白
白成一場飛雪
濕了雙眸

8

一聲輕嘆
將月光揉碎

唱不盡三月春光好
何必還去唱離傷

不如歸去

2016.3.5

## 2016，我在臺北等一場雪

滿城飛花
親在左頰
香了右頰
輕輕飄落的
那片白
如夢

我喜歡
雪在手中的溫存
融化
成詩

我喜歡
在雪上撒一滴紅
漾開
如花

我喜歡
在雪地閑步
如雀兒的爪印
點點成句

煮雪醉飲
你贈我一夜相思
我還你一頁小詩

今夜
我在臺北等一場雪


2016.1.22

## 梅殤

抖一抖
舊年的花絮
雪，從風衣
飛上枝頭

低首
寒意冷袖
被竊去一抹體香

你若離去
枯枝上
等誰領養
此刻的靜

被你滑過的肌膚
凝霜
把餘生凍傷

2016.1.24 下午 07:39

## 穿過冬季的雪


一身素顏
以一朵花的姿態
裸呈


在棉的枝頭
等一雙手
輕攬


2016.1.7

# 掃雪

頭上那縷白
是季節留下的注腳

檀香樹下
截一抹黑，薰染

這朵，別在
母親髮際的榮耀


2016.1.8

## 夢梅

子夜
妳踏雪而來
在我枕邊私語

夢在夜裡醒來
髮際殘留一抹幽香
不見妳去向

披上風的衣裳，尋妳
深一腳，淺一腳
一張白紙二行印記

雪將黑塗成白
茫茫無際
竟是，我的夢

2015.12.13

# 雪的素描

輕叩窗櫺
用一首詩
打探梅的去向

輕舞飛揚
在窗紙的空格間
將意象隱喻

迷一樣的留白
一朵，二朵
還有一朵躍上畫紙

窗外飄來的那朵
正好，落在
我的硯池

來不及著墨
綠意洶湧
一頁素紙已將春色收納

2015.12.10

# 撈月

夕陽烤了一塊餅，圓圓的
懸掛在西窗
忍不住想咬一口
只怕，十六的月
從此缺了一角

來不及細細端詳
你已躲進幽谷，變裝
換一席銀色紗裝
隨炊煙升起
在天空亮相

苔溪岸邊，折一條柳枝
將你撈起，懸掛西窗
夜半，集一掌桂香
與你同入夢鄉

2015.9.23

# 花事

1
站成柳的倒影，只為
在池邊
映襯，妳
嬌羞的容顏

2
蓮座上嫣然一笑
水中月
無端成了
西子的鏡中花

3
一葉清蓮搖紅荷的臉
數聲催情的蛙鳴
叫響了這一季的花事
春風占盡
一池風騷

2015.4.21 夜

# 行草

1
經過一冬的沉思
小草終於點頭允諾
用翠綠裝點我的庭園


2
喜雀兒銜一根相思
向含羞傾吐情愫
盎然了一季詩意


3
正值青春期瘋長的小草
不敢太過漫衍
怕，攪亂了這場艷遇


2015.4.20

## 冬雨

你用無數只手指
拍打窗子
將我的夢敲碎


午夜，翻開摩斯密碼
終於譯出
想你～不休


2015.12.12

## 那場雨

1
昨夜，你把種子撒在三八高地
詩意脹滿築夢的巢穴
春的俳句開出艷紅
在雨中，釋放激情

2
那場雨，黯淡了妳的容顏
我好想拿起胭脂為妳塗一抹緋紅
只是這樣的唐突，會不會
亂了妳臉上恬靜的山水

2015.3.9

## 不小心看了妳一眼

不小心，看了妳一眼
就這樣掉落陷阱
心，再也爬不出來
早已葬送在妳的柔波裡

不小心，看了妳一眼
就這樣陷入萬劫
眼睛，再也沒有回來
從此，我變成一個睜眼的瞎子

不小心，看了妳一眼
就這樣丟了心眼
泅渡秋水，上不了岸
掙不脫，你用秋波設下的網

2015.3.28

# 窗外・鳥

1
雁子馱著夕陽
歸巢
將晚霞繡在我的窗簾


2
風，掀開帷幔
捎來一幅採菊東籬圖
我，將南山的飛鳥一同收下


2015.6.28

## 秋韻

秋來不及換妝，便匆匆上場
蟬聲拖著夏的餘韻
循著螢火蟲提著的小燈籠
尋找羽化的枝椏

一 尾荻花揚起，白了頭
未見落葉已轉愁腸
白鷺鷥踮踮腳尖，飛向蒼茫
秋來早，水漸涼


2015.8.15；18:10

# 高粱

1
用詩釀一盅甘露
不必太多，一滴就好
想像，在八八坑道發酵
68 度，燒紅了高粱地

2
將詩放進杯子
酒也詩意了起來
把目光捻息在詩行
轉眼，又竄起火花


2015.4.25

# 遠方

1
微笑與憂傷重疊的縫隙
藏著一條奔騰的河
清晨從夢鄉歸來，看見
遠方在枕邊的淚痕裡透迤

2
眉頭與眉頭馳騁的川龍
藏著一條深壑
與金針同在的銀線
編織著深藏不露的流年


2015.3.8

# 私奔

1
陽光在睡眠中死去
昨日在夢中醒來
睫毛扛著十字鎬的陰影
蹣跚而行

2
哦，燭光
動作輕些
那人的夢裡可能有我
我要將夢揣入懷裡
帶著她，去私奔

2015.6.28

# 吻（外二首）

## 領帶之吻
當領帶吻上脖子
死亡頓時華麗起來

男人呀男人
你親手將自己，勒死
在虛榮的絞形架下

## 鞋之吻
當高跟鞋吻上腳踝
男人在她面前頓矮三分
昂首五分埔的巷道，如
挺胸在紅地毯

女人的驕傲，重心不穩

## 蚊之吻
你的口
勿老在我耳邊唸唸有詞
不如，乾脆
在我胸口拚你老命吮吸
用你的唇
烙上紅字

2015.5.9

# 燕歸來

1
你銜著北方的一片雲，歸來
在窗臺撲楞著翅膀
一行輕盈的句子
就這樣飛進了我的詩裡


2
撲楞的翅膀在眼底搧起一陣響往
借妳一尾羽毛
我想要飛去北方
去北方，突襲妳的情郎

告訴他，別癡心妄想
妳的家在南方


2015.3.13

## 歸燕

叼來遠方的香泥
在我的窗櫺 ，劃地為牢

囚禁
在比夢更古老的巢穴
再也不必飛越山谷河流
去撕，整本印著他鄉的日曆


2015.3.25

# 弱水三千

1
月夜，無聊的風路過荷塘
調皮地呼出一口氣
咚，青蛙從蓮的孕床跌入
孵出一堆小詩
平仄起伏在三千弱水

2
說什麼弱水三千
太虛幻境
萬千蝌蚪奮力甩尾
夢遺，一瓢水

2015.3.30

## 釋迦

哎喲
腦袋被棒喝了一下
落地的釋迦蓮花狀綻開
爆裂的肉漿滲入我的腦瓜
食指烙上了戒疤

匐伏樹下，瞥見
蟻群蜂擁而上，咀嚼
無常轉變的果實
留下生死的種子，舍利
閃著幽冥的磷光等我膜拜

捧著空殼的證悟
掂一掂灌頂的重量，起身
在落山風揚起時
一抬腿，跨越千年

菩提樹下，我又遇見釋迦

2015.3.3

## 秋楓回眸

寒蟬喚醒秋殤
將思念瘦成落葉
在山頂，遙望

葉尖，紅欲染未染
天涯，人欲歸未歸
風在徘徊

不管你來或不來
我都會為你穿上紅襖
等你，圓房

不管你忘沒忘了
我都會在天堂入口等候
以鮮血為你祭典

2015.10.6

## 楓葉總在深秋抒情

九月，江南綠意依然
七分濃情三分曖昧
為了那一抹緋紅
我用禿筆枯墨點綴江山

赤裸的楓葉在樹梢起舞
牽著風的衣襟
待秋陽烤成焦枯之前
我先將你收藏

沒有落葉何來秋殤
詩人用金色焠煉絕句
讓心中那一片楓葉
染紅整個山頭


2015.9.19

## 落葉頌

放我走
敵不過寒冬淒厲的冷
任由風把心撕成二瓣
一瓣贈予天空
一瓣還給大地

我要走
浮世的人們呀
你何嘗不是飄零的落葉
任由歲月將生命榨乾

我走了
把肉體還給大地
靈魂交給天空
留下燦爛的魂
化作這首未完的詩

2013.12.8

## 縱風情萬種，誰解斷橋

昨夜，瘋狂想妳
在一首詩裡
今夜，想你瘋狂

穿過孤山，走近西泠
斷橋邊，那葉小舟
在南唐的柳岸邊搖晃

柳葉拂碎雷峰倒影
一朵流浪的雲，蒼白了
後主的臉

幾聲蛙鳴叫殘曲院風荷
二行憂傷的淚，模糊了
西子的眼

月映三潭，雪殘斷橋
俗塵，留不住一縷飛絮
江南的夜

怎忍心
讓風染上憂傷
拈一柱香，梵唱

如果可以，好想和你私奔
等西子煙雨，一把油紙傘
將初見的驚艷定格

素白的文字
滑過清蓮
跌碎一池漣漪

芙蓉艷了丹桂
柳枝瘦了紅顏，我們
走過的那條長堤，遠了

莫笑癡情
我在橋上等你
等柳浪聞鶯，千年

2015.10.20

## 與落葉邂逅在秋季

你從我眼前走過
翩躚的舞姿
掠奪了我的視線
雙眸從此定格在你的背影

誰說，秋天
是悲憫的季節
我的心
已被你的嫣紅擄獲

循著纖細的脈絡
一條條清晰的弦
滑過青春的肌膚
我已淪陷，你的風情萬千

2016.10

# 倚在風的肩頭還鄉

捻一支沉香梵想，彈指間
灰，落成兒時的笑臉
熄滅的香有火的影子
點燃了故鄉的那縷炊煙
如風箏牽著遠遊的雲彩
拉近你的身影，立體了思念

撩起塵封的日曆
一頁頁依季節變換著容顏
時間一天天老去


視線卻滯留在初春
你的臉，那朵玫瑰
仰天的花瓣綻開夢的翅膀

項王城樓
站成一株銀杏，等你
等你，苕溪岸邊
任柳鬚垂落千丈
縱千山萬水，也要化做落葉
依在風的肩頭，還鄉

2016.1.12

## 霓虹夜

怎能讓自己落寞在
五月的他鄉

用霓虹妝點夢床，美
竟然離我那麼近
近到能聽見她的喘息

含一片花瓣於唇間
擁吻芳香
寫意，一床玫瑰

旅居臺北的 520 之夜
寂寞
因而馨香出詩意


2015.5.20

註：霓虹，玫瑰花名

# 油菜花（外一首）

1
牧童一橫笛
吹出
鋪天蓋地的金黃
油菜花笑了

笑得
比梵谷的向日葵
還燦爛

2
即使被蝶兒竊了香
被蜂兒偷了蜜
被命運輾得粉碎
身體裡流出的
還是金燦燦的血

油菜花
你的名字是女人

2016.3.22

# 我是一隻浪漫的寄居蟹

我是寄居潮間帶的一隻蟹
在詩海的沙礫爬行
吸一口浪花，呼出詩的泡泡

我是居無定所的一隻蟹
窘迫到只剩下吟詩這奢侈的享受
啄一粒海沙，在岩礁烙下平平仄仄

我是浪漫在海灘的一隻蟹
在書夜交會之際，帶著藍色的詩稿
出閣，嫁給了海子


2015.3.9

# 走近母親

五月被康乃馨催促著到來
騎著滑鼠，走近母親
仰首的花瓣招搖出候鳥的翅膀
呱呱喚著母親的乳名：媽媽

風箏拉扯遠遊的雲彩
拉近妳的身影，收納
摺疊，鎖入深邃的眼眸珍藏
想你太多，會讓妳想我白了頭

魚尾從左額擺渡右額
霜花從右鬢蹣跚過境左鬢
流年從前腳環繞到後腳
透過妳的肩胛，看見日子一天天老去

輕拈幾絲白髮在手心，卻說：
媽：妳的髮烏黑又亮
母親笑了，如康乃馨
在五月的山水間綻放

2015.4.30

## 與文字談一場戀愛

筆尖滑過素紙的肌膚
詩意在掌心縱橫
和文字談一場戀愛
驚天動地

月色潛伏窗前，竊取了
初稿的童貞
風兒也乘隙而入
爬到枕邊，溜進詩裡

矜持的修辭與浪漫的意象對奕
四肢被長短句捆綁
筆端潛入靈魂深處
獨品幽美

文字在肋間四處遊走
把一頁素紙點成水墨
筆管膨脹，將一夜邂逅
寫成刻骨

2015.6.10

輯二　夢見詩魂

## 得獎感言

不小心
捧回一座獎
沉甸甸的
我掂到一首詩的重量

一不小心
鬆手跌落
晶亮亮的
我看見一地詩的光芒


2015.10.20

## 詩路

忽明忽暗的光
一盞盞在荒野走過

我和風錯身
交換了流浪的方向

她追蹤蝶影去尋找春天
我循著北斗的指向前行

乘螢火蟲為我掌燈
趕一程尋詩之路


2015.4.20

# 一個人的入夜儀式

白天與文字搏鬥

夜晚與蚊子交鋒

詩人怕風怕白天

我怕夜更怕吮血的蚊子


今夜，一隻蚊子

在血肉模糊之前

以詩歌從容地朗誦了

自已的祭文


2016.2.21 夜

## 一畝地種到天荒

地球不大，螻蟻眾多
一畝地
你六分他三分
留一分山窪地
予我

種一棵桃，植一樹李
占，滿園春色

2015.10.27

# 寫詩

1
合掌為缽，我祈求
賜我靈感
在詩行縱橫


 2
木魚敲了千年
直敲得遍體鱗傷
也未喚醒那尊泥塑的菩薩


3
我的靈魂，是流浪的旅人
隨身的行囊
只有一頁詩稿


2015.10.26；21:16

## 寫詩

1

靈感迅猛如射門

高潮迭起，文字

從勃起的筆管蠕動著，鑽出

詩人抱起濕答答的稿紙

大喊：痛快


2

叮咚！誰呀？外送！

這緊要關頭，奶奶的！

靈感萎頓成蚯蚓

一首夭折了的詩，夭折了

詩人的快感


2015.5.6；05:00


寫詩，純粹寫詩！寫，寫詩時與靈感
的短兵相接！非情詩亦非性詩！只想
表達創作時抓住靈感那剎間的痛快淋
漓及靈感遁形後的悵然懊惱。若有
色，乃是月色昏。

# 字慰

流落在朦朧的午夜
潮濕的空氣
曖昧了欲望的羽翼

指尖在紙上遊離
一行隱喻的詩
撫平了躁鬱的意象


2015.11.15

# 其實

其實，沒有什麼情色擾人
別執著太虛夢境
何須在孕育上糾葛
花開落紅不用辯論
霧太濃，其實非實

其實， 從來沒有什麼非非
別太偏執妄念
迷糊就推給濃霧
誰叫臺北的天空總是這樣
霧裡看花，有誤

2015.11.15

# 夜讀

一群老鼠
跳進詩裡
咬文嚼字

撐
吃不完兜著走

不見出口


2015.10.2；23:33

# 讀詩

1
點一支菸，讀一本新詩
乾，喝一口茶水
啊啾，一個噴嚏掉進詩裡
絕，化作蛀蟲蠶食一首小詩


2
一支菸的功夫
從封面走到封底
走進一條沒有路燈的死胡同
幹，害我視力下降到 0.1


2015.4.28

# 我是誰

1
一堆缺胳膊斷腿的獸骨
跌跌撞撞從遠古走來
在火光裡手舞足蹈

2
撿拾起橫七豎八的屍骸
用碎骨拼湊遙遠的記憶
我是誰
容貌為何如此斑駁

3
舉著詩的火把，進入黑暗
帶著冒險的恐懼與探索的喜悅
寂寞中
螢火蟲閃爍微光

2015.3

## 詩人，我的乳媽

懶懶的賴在床上嚼著詩
啜飲著從詩裡滲出的乳汁
填我空乏的胃

詩人，我的乳媽
你昨晚的餐桌上是何樣的佳餚
吸著吮著
怎麼就醉了

口水滴在你潔白的乳房
歪著腦袋
我酣醉在詩的胸膛

2015.3.23

# 蚊子

字和詞吵吵鬧鬧
靈魂被括號框住找不到出口
在肋骨上胡亂打洞，我
在追打那隻滿腹經綸的蚊子

蝌蚪四處遊曳
北斗閃爍迷離
句號化成煙圈在嘴角嘆息
鐵錨紮在肌膚，心在喊痛

思緒隨陀螺打轉
詞句在舌尖打結
現代與古代在筆尖糾纏
我掂到漢字的重量

擰斷維納斯的手臂
割下梵谷耳朵，舐舐傷口
扯下幾縷青絲，編一支筆

塗寫一夜煎熬

與蚊子這個宿敵短兵相接
一場博殺，蒼白的稿紙上
掉入幾串零亂沾血的長短句
我在我的詩裡顫慄


2015.5.24

# 我不是詩人，我想寫詩

我是詩人，卻不會寫詩
猶如美女不一定漂亮
那些蠕動的文字不屬於我
牠們，屬於我的激情

我不是詩人，我想寫詩
每天與詞句較勁
日出是蛋黃還是荷包蛋
就像選擇一個男人，糾結

我是詩人，卻不會寫詩
詞句滯留腸管
那些蠕動的詩不屬於我
牠們，屬於我的靈魂


2015.4.8

## 荷鋤

荷一把文字的鋤
鋤不盡這一季的感傷

假如，夢是詩的原料
給我夜枕，孵新句

看蝌蚪歡快跳躍
水波微漾漣漪
令標點符號各司其職

旭日
一首詩，便亭亭玉立
在村郊


2015.3.18

# 耕耘

犁一壟水田
行距間
播下一株株青苗

滲血的腳板
鋤著苦難的雜草
在季節與季節之間
耕耘希望

春天，在田埂
已嗅出
秋的味道


2016.1.26

# 夢的翅膀

1
張開夜的翅翼
一片羽毛落在窗臺
聽 ，鶯在啼唱

2
我嗅到，歌中
思念的味道
在枕邊，彌漫

3
歸燕路過 ，留紅
因一首詩
受孕

4
我已淪陷，夜的魅影
因為，夜裡有你
與我同飛

2015.10.25；21:35

## 夢見詩魂

昨夜，你駕雲而來
在耳邊，輕語：
等了好久
杜鵑花開了

我聽出是你
我寫詩的助力
其實，你就是我的詩

昨夜，私語：
難得，花如此美
夜這般靜

我知道是你
喚著我的名
難得，寂寞的魂
相擁依偎

迷朦中，睜眼
你乘風而去
留下
你的詩魂

2013.4.4;15:30

# 端午

1
五月五，撕一張日曆
裹一曲九歌
加一段忠肝詩骨
驚覺
粽香裡飄出屈原的魂

2
龍舟載著鼓聲
在風雅的詩海競逐
汨羅江的魚，張著嘴
等人餵食
離騷

2015.4.12

# 詩人節

湘君的冤魂在汨羅江縈迴
一闋天問撼落無數浮雲
在山水間垂淚潑墨

漁父的櫓在水中蕩起九歌
一卷離騷策馬奔騰千年
歸隱在晚炊的粽香裏


2015.6.19

於臺北齊東詩社
聽向明前輩談詩聊他的跛腳

# 看見

1
被括號框住找不到出口
絞盡腦汁，擠不出一字半句
唉 ~~~ 一聲長噓
掉下一個波折號


2
將青春敲入鍵盤
螢幕閃爍一片白花，雪地
留下一長串腳印　，我看見
青春遠去的背影


2015.3.10；18:40

# 情書

夏日，毒辣辣的太陽
把你捎來的那封情書
烤得焦黑

我在灰燼中尋找
甜言蜜語留下的
蛛絲螞跡

2015.7.8 夜

# 用詩餵養我的靈魂

1
假如我有二塊麵包
必然賣掉其中一塊
將這個錢去買風信子
因為，她可以慰藉我的靈魂

2
在碎屑中玩著殘酷的遊戲
用一條句子勒死另一條句子
靈魂從擁擠的松果體竄出
嚷著餓了，哈哈～
迫不及待，我端出一碟小詩

2015.3.13

# 今天，不寫詩！

松柏蕭立兩旁
陽光劃破樹影，斑駁著時光
石獅子端坐碑前，張望
過往凝成眼角的蒼涼

錫箔紙紛紛揚揚，漫舞
生死兩茫茫

思念將天空染成憂傷
灰燼中閃著祈求的星光

你走了，卻把追憶留下
菸灰缸殘留的煙還在裊繞
你走了，卻把悔恨留下
被您鬍鬚磨蹭的臉頰還刺刺的痛

今天，不寫詩！
用思念的痛刻一首銘心的祭文

松柏石獅子，你們也一起來

陪我敬老爸一杯


用流年的雨露釀一盅清酒

飲落不變的念想

用歲月的滄桑捲一支菸

讓苦痛隨風消散


路過的老黃狗

眼角泛著無辜的淚光

搖搖尾巴走向遠方

我拍拍塵土，牽著夕陽走向西方


2015.4.4

## 曲不成章

夜呼吸著黑暗
思想在思想
欲望張開嘴吞噬欲望
如冰裂的碎玻璃
銳利扎著肌膚

文字爭先恐後竄逃
從流血的指尖跌入紙上
重疊、暈開、零亂、吶喊

雨輕叩窗臺
濕了一簾幽夢
滴滴答答在心上
長成一株相思

今夜，聽雨無眠
摘幾葉含羞
再數一把紅豆

熬煮一鍋鄉愁
餵思念的饞腸

留一勺殘湯止夜的渴望
管它繆斯高高在上
我已醉倒
在相思樹下


2015.2.8

## 揚帆

垂竿釣起一片落霞
偎依身邊的妳潮紅了臉
避風塘恬靜地躺著假寐
你在我懷裡酣眠

海是漁舟的搖籃
波浪湧動夢的潮汐
比夢更容易破碎的浪花裡
一條魚眨著眼在招喚

拒絕擱淺的詩思正揚帆
我是浪人，又要起航
扯起一帆裝滿順風的快意
駛向，離人海最遠的島嶼

地球旋轉的另一端
有一汪水，比天空更湛藍

2016.2.25

# 輯三　光陰

# 行走在五月

1
我打江南走過，看見
喜鵲兒搧動著翅膀
像貪玩的小孩
在畫梁間跳躍歡唱
2
玫瑰花微醺在窗櫺
一對燕子夫妻
輪流抱一鍋
快要破殼的蛋
3
風吹著口哨
雲流著口水
追逐一群適婚的彩蝶
河堤邊，一排柳樹笑彎了腰
4
這一幅山水的初稿
等誰完成呢
一隻從硯池飛起的白鷺
正落在五月的畫紙上


2015.5.1

## 曉角

公雞
自以為是白天的主人
頂著紅頭冠
仰首引頸

一聲嘶鳴
吵醒了月亮
叫醒了太陽

牽牛花
伸了個懶腰

一抬頭
牽來了春天

2016.1.22

## 驛站

馬蹄噠噠
叩開荒郊的柴門
註定是你孤獨到來

油燈燃起灶堂薪火
一甕老酒
驅除寒霜

我遣月光
為你拂去一身塵沙
離去，不再是寂寥獨行

石榴花香
已沁入皮襖馬褂
風花雪月，伴你一路情長

2015.10.13

# 冬街

影子昏暗了街燈
兩旁玻璃對射冷漠
櫥窗裡的模特兒
僵硬了路人的笑臉

一個影子在摸索
長圍巾垂在身後
像流浪狗的尾巴
拖著風 ，找家

2015.12.25

# 老街

走進黃土壘起的疆域
古井將來往的喧嚷收納
封印深不見底的傳說

老街一筆一劃
把自己寫成篆書
穩穩地坐著
坐成一部童話

屋頂一隻慵懶的貓
撓著瓦楞上的苔癬
牆上的旗幡飄著我前世的長髮

走近古宅
門當牽住我的衣袖
聽她講戶對年輕時的趣聞
一個美麗又冗長的故事

沿著蛛絲循著馬跡
我挖出被流年覆蓋的
一串串祖母的笑聲

門前打盹的老狗伸了伸懶腰
啣起散落地上的笑梗
兀自往巷子深處
先我離去

撫摸青磚砌成的歷史
翻尋記載祖輩故事的那頁
佇足，石屏定下韻腳

我不是過客，是歸人
左腳提起的足音
在落下的右腳
成詩

2016.2.1

## 與石庫門一同老去

閣樓的燈亮了
鴿子的眼睛也亮了
小窗的毛玻璃昏暗著

壁板上那張申報紙
泛黃了歲月的膚色
牆角的立鐘
噹～噹～噹～

吃～夜～飯～啦～
姨媽的喊聲佬響佬響
震聾了好幾條弄堂

石庫門醒了，鴿子睏了
青石路上，尋著兒時的腳印
我的記憶
老了

2015.10.5

# 影子（外一首）

1
陽光把影子剪碎，碎影
從碎影分離出一片影子
想獨自擁抱日光
卻怎麼也擺脫不了隨形的影
返身，只好把影子關在門外

2
白天，與我跟太陽爭寵
夜晚，留我獨自咀嚼寂寞
甩不開的糾纏，抓不住的緣分
妳是我攤在陽光下公開的情人


2015.4.17

## 撈影

1

從樹陰撈起破碎的太陽
從荷塘撈起殘缺的月亮
卻怎麼也撈不起自己的影子


2

床囚禁肉體，夢羈押了靈魂
陽光在睡眠中死去
影子不知和誰去私奔


3

那就做一個詩人吧
暗夜，和筆說說情話
等，你那邊的日出照在我窗前


2015.5.23

## 孤影

我不孤單
你卻始終糾纏，在身後
發出詭異的笑聲

我好孤單
你卻不再尾隨
今夜無眠，你的夢是否也斷

其實，我並不孤單
沒了我，孤單的你
又在何處徘徊


2015.5.20

# 似水流年之時間的證明

1
未曾飄雪
雙鬢已染上了霜
紅顏於一朵花開的時光
泛黃在追憶裡

2
攤開雙手，看見
時間在掌紋中流逝
緊握雙手
抓不住涓涓細流

3
黑膠唱片刻著年輪
一圈又　·圈
流光在額頭旋轉
一道又一道

4
試將沙漏倒置
向上蒼再借五十年
讓時間這匹快馬
在我的詩裏停留

2015.7.1

## 似水流年之鏡花水月

彎腰撿起候鳥遺落的翅膀
卻撿不起遺落的影子
追著風去流浪
不敢回頭，回頭是他鄉

彎腰撈起水中的月亮
卻撈不起自己的臉
紅塵如夢
留不住的豈止美麗容顏

時光如劍割傷我的臉
風吹落我的翅膀
影子順勢跌落在地
不再流亡

2015.7.11;16:00

# 似水流年之青春之歌

孤寂的靈魂馱著死亡的陰影
遊走在失神的雙眸

腐朽的氣息
踩著失落在背脊蠕動爬行

天邊的天邊風在呼喚
孤獨牽著寂寞浪跡天涯

返身，回溯在追憶的小徑
一路撿拾散落旮旯的遺忘

剝開舊的憂鬱又添新的哀傷
虛空填滿空虛的夢床

熱帶魚的尾巴掃過眼角
煮沸我眼眶的淚

秋風中芒草刺在背上
青春的悼歌在雙鬢迴盪

今天封筆，不再讓思念的憂傷
在紙上落下斑點

我要笑顏歡唱
讓青春的美豔在歌聲中綻放


2015.7.15

## 焰火

歡呼聲在煙火騰空時騰起
嘆息在火花落地時落下

繽紛的天空上面是天堂
一個美麗的誘惑

光影閃爍出無限幻象
絢爛的夜卻是用來死亡的

而詩正是醒著的夢
於短暫的輝煌中輝煌


2016.1.1

## 趕羊的猴子

爆竹聲起一歲除，又把新桃換
舊符，迎來送往。

風裸著翅膀掠過山坡
帶走正在吃草的羊
留下一片不可觸摸的雲
一片只能回味的虛擬

看著雲幻想著羊
一隻卡夫卡的猴子
在樹上蕩著秋千
上翹的嘴角詮釋出得意

在空曠的草地
我試圖用一首詩
喚回浮遊天空的那隻羊
還有，2015 的那片雲

2016.1.9

# 空城

螞蟻馱著秦時的月光
在漢磚上踽踽而行

南宋的那江春水
寂寞地拍打著護城河壩

我在城樓尋遍每個烽火臺
找不到三國的那把羽毛扇

陽光鑽進牆縫假寐
只有風悠閒地彈奏著空城計


2016.1.14

# 孤城

沙發上一對抱枕鴛鴦戲水
床頭幾滴殘留的酒發酵成醋

壁虎在牆上比手劃腳
幾粒粉塵飄落潔白的哀傷

畢加索從畫中走來
發出滴血的笑聲

找一個衣架把影子掛上
不勝酒力的詩合衣而眠

夜在耳鳴
蜘蛛在夢中遊離

只有洞開的窗
獨自風景著風景

2016.1.14

## 燃燒思念

往灶堂添一把柴禾
在閃爍的火光中，尋找
飄忽的，你的影
劈哩啪啦的火星
就像你的喋喋不休

用枯藤般的手
續一把佝僂的乾柴
烈火炙熱我曾紅如柿子的臉

每添一次柴禾
火鉗夾起的都是歲月的火花呀

哦老伴
我好想隨這縷炊煙，裊裊
牽你 回家

2016.2.13

## 薰染

比火鉗更蒼勁的手
緊緊夾住光陰的血色

一縷殘陽從薪火中竄起
以行草的姿勢揮墨

一幅滄茫歲月


2016.2.15

## 晚歸

時間躺在副駕駛座椅
悠閒地斜睨行色匆匆的斑馬
夕陽已悄悄回家
我還在路上

急，不急
點一支雪茄
燃起萬家燈火
焦躁轉眼，飛灰煙滅

2015.12.30

# 仲夏（外一首）

1
薔薇將夏日燃成火球
午後烈日一口吞下太湖
又喝光洞庭的水


2
芭蕉扇搖碎一地艷陽
蟬聲穿過夏日飛往秋的枝頭
化羽，在巴爾扎克的夢中


2015.7

# 臘八（外一首）

1
一碗粥煮了千年
終於
在寺廟的灶臺
熬成
舍，利

2
摩揭陀國
一粒佛的種子
在缽中開花

苦的是
你已成佛
我仍在紅塵翻滾

2016.1.17 晨

# 重陽

我不登高
一登高，害怕
回去的路
更遠

我不登高
一登高，驚覺
生命的高度
無限

2015.10.22

# 元旦

採一抹夕陽
嵌入詩裡
在最後一個黃昏
沒入山谷之前

合掌
唵瑪尼唄美吽


2015.12.29

# 除夕

向鏡子借一個情人，不棄
用我火熱的唇暖你冰冷的額
把寂寞還給今夜的臺北

向燭光借一個影子，不離
用我熱血的靈喚醒你沉默的魂
把孤獨還給臺北的今夜

鏡可棄，影可離
喚一對年獸作伴
今夜的臺北，有門神看家


2016.2.7

## 我將敲響新年的鐘聲


天灰濛濛的
空氣潮濕又冷颼颼
聚集屋簷的雨水落在窗臺
滴答滴答

樹葉在風中
發出沙沙的嘆息聲，我聽到
遙遠的古道傳來馬蹄的聲響
蛇兒在踏踏聲中冬眠了

新年近了，近了
驀地，有些許悵然
在這需要暖意的冬日
總覺得有許多不能忘懷
不願忘懷，無法忘懷的往昔

回憶，如溫馨的取暖器烘燻著
昏暗的思緒鮮明起來
想像插上了快樂的翅膀

寂夜傷感的迷魅霧般消散

熱血賦予文字以生命
在這需要暖意的冬日
回憶，如溫馨的取暖器溫暖著
我，將敲響新年的鐘聲


2013.12.29 夜

# 打磨（外二首）

1
在今天打磨未來
將明天研成日月
令星輝伴我一生閃爍


2
打磨日月
將你，磨成
一顆明星


3
取四季花
在我的調色盤
研磨
一幅人間春色


2015.8.16

## 舊夢（外二首）

1
風帶回一片落葉
翻開［夢的解析］
找不到
去年的那片楓紅


2
打開香檳的軟木塞
貯藏酒底的記憶
一古腦噴出
一頭霧水


3
那年，在青春的果園
我們攀摘的蘋果
將褪了色的花紅
繡在枕邊


2015.10.10

# 岸（外二首）

1

踱步柳堤，對岸
春，正沿街叫賣不惑
秋無語笑春，轉身
隱於風中


2

花曾開過雨亦來過
惟有風留下
苦海邊，等你回頭


3

夕陽在黃昏的海岸揮灑寫意
落日是祂蓋上的一枚郵戳
你收到了嗎？我遙寄的思念


2015.6.20

# 籠子（外一首）

1
你將我囚禁在哲學的殿堂
我隱藏妳
在哀傷的詩裡


2
被自己的思想囚禁在牢籠
不得不，再思想
如何衝破四壁


2015.6.21;18:18

# 夢道

一柱香燃盡的時候
我正好告別莊子
餘煙裊裊裡
看到一隻蝶在做夢

不知牠在夢周公
還是夢我


2015.6.30

# 夢

1
你是怎麼走進我的被窩
在枕邊，像似多動兒
好不安份

2
循著螢火蟲的光
在佛洛伊德的書櫃裡
我找到你留下的腳印


2015.7.28

# 蟬

1
蓮花座前，與佛對望
一柱香的時間
蟬聲穿過我，穿過虛空

走出寺外
卻還在蟬聲裡

2
蟬聲穿過掌紋
將夕陽叫醒

黃昏下，坐盡一頁心事
留白處
往事尚餘一絲鼻息

2015.8.20

# 網（外一首）

1
一撒網，哈哈
撈起整個地球

你藏在互聯網的秘密
便無人不知無人不曉

2
掙扎的魚尾掃過我的眼角
歲月便多了些滄桑

急於閃躲流年無情的劍光
無奈，回憶的網
撈不起
曾經的過往


2015.7.7 午夜即興

## 網戀

1
急促的心跳
行走在華麗的文字間
你花心的筆芯寫著專情
標點符號是散落各地的驛站

2
滴滴答答
一篇篇美麗的情詩
著床在她或他的電腦螢幕
產出，網戀的畸胎

3
虛榮的獎杯溢出自喜
你陶醉其中
我聞著
似工業酒精
有毒

2014.5.20

# 股市

無數的泡沫，織就
一襲國王的外衣

抓一把欲望塞進口袋
拚命，想生出銀兩來

皺巴巴的鈔票膨脹了貪婪
泡沫幻滅
留下一堆銅臭的屍骸


2015.5.22

# 浮雲

輕描淡寫
將風流的行蹤抽象
幻化一朵虛擬的白

與風偷情浪跡意象
獨留天　　空
守閨房


2016.1.12

## 人到中年

和風巧遇，在
秋的堤岸

柳撩起長髮
一聲嘆息
烏蓬船
搖向天黑


2015.12.10

# 風燭

熱情燃盡斜陽
老了時光
瘦了紅妝

捕捉殘年的光影
憂傷的淚
夭折了紅顏

火光閃爍出無數個幻象
死亡的美麗明晃晃地誘惑
飛蛾，投身烈焰之門

2015.12.1

## 銅像

1
一道風景
你走過，他路過
小雀兒也來湊熱鬧
在銅像的頭上留下
到此一遊
2
不過是一座銅像
站在你面前，閉目合十
我也成了一座雕像
3
你沉默不語，呼吸也異樣沉默
聽不到你的心跳，只見
你堅持在被遺忘中站成一道風景
4
月下，你將白晝的敬仰和仇恨
讚美或謾罵重播
日出，你和青山一同醒來
醒來，又站成銅像


2015.4.12

# 稻草人（外四首）

1
追逐了一季的鳥雀
你也累了，我的獵人

走，牽著身邊的老黃狗
回家吧

母親熬了一鍋小米粥
等你一起晚餐呢

2
一群雀兒
在穀堆上嘻鬧
全然不顧
身後的那個士兵
正，有模有樣
舉槍瞄準牠們
一片落葉，驚飛
深秋，就這副鳥樣

3
穀穗進倉了
小雀兒也睡了
黃昏下的孟德斯鳩

遠處的座山雕
究竟是什麼鳥

垂頭思索的模樣
像極了哲學家
偏偏不敢斷言
下臺後的你
是被焚燒抑或腐朽成土

4
揮舞木棍
向著那些覓食的小雀
高喊進攻
滑稽的模樣像極了唐吉訶德
在荒野與風車作戰

烏鴉嘰嘰喳喳在一旁助陣
月亮在樹梢眨巴著眼睛

木馬屠城
竟然是
為了一隻鳥美人
2015.11.12

# 雀兒

一群雀兒
唧唧喳喳

一旁
狗兒吐著舌頭
老人打著盹兒

儘管雀兒賣力演唱
卻只有
落葉和風鼓掌叫好


2015.4.10

# 聽雀

1

幾隻飛過的雀拉住我的視線

五線譜躍動春的節奏


鳥聲穿過風穿過耳朵

變成一首小詩，站在四月的枝頭


2

風叼走詩 ，飛向天空

如一個詩人拖著影子在謳歌


牛頓的那只蘋果落在我頭上

把四月的白日夢敲裂了一角


2015.4.19

*［93 巷人文空間］聽向陽老師的講座：
　［誰的臺北？誰的歌？］
回家，路過臺北松江詩畫公園，幾只雀兒
拉住了我的腳步。即興。

# 黃昏的獨白

1

白鷺鷥搧動一池倒影
夏荷睡了，你我醒著

2

螢火蟲兒提著燈籠
趕去村外幽會
蟋蟋的笑聲在狗尾巴草上滾落

3

雨水沖淡了薔薇臉上的胭脂
柳樹低著頭，對自己的影子
掉了一晌的淚

4

小草攤開一掌嫩綠，將雨滴收藏
青蛇推開籬笆，遁入空門
再沒有回來

5

蜘蛛忙著穿梭，不幸讓自己淪陷羅網
鴿子叼起橄欖枝，拍一拍翅膀
飛往西方

6

啄木鳥從樹上叼下最後一個落日
一抬頭，夕照羞紅了我的臉


2015.6.5

## 清明的天空

把思念摺成元寶
把願望疊成蓮花
清明的天空
太陽灼燒著憂傷

無常將我們隔離
你長眠在暗夜
於一朵花開的時光
將陽光留給了我

摘一朵菊的清香
把流年的淒寒婉約成念想
你在紅塵外，為我默禱
我在娑婆界，張望下個輪迴

2015.4.5 夜

# 輯四　彼岸花

## 輪迴

俯衝，別再盤旋
啄吧，禿鷹
這是一場血肉的盛宴

哦，舐淨最後一滴骨髓
走吧，祭壇已空
夕陽正以輝煌祀奉我的靈魂

2015.11.15

## 空杯

1
一杯燈紅，一杯酒綠
在午夜的酒吧
獨自喝盡醉生
只留空杯，裝滿夢死

2
一杯醉生，一杯夢死
眸子泡在酒裡
醉意的瞳孔
穿不透，空空的酒杯


2015.4.22 午夜

# 天淨沙 · 秋思

## 枯藤

與歲月搏鬥千年
而今依然
糾纏不休

## 老樹

餐風露宿修得一身仙骨
一群雀兒卻高居在上
嘰嘰喳喳

## 昏鴉

立盡殘陽
嘔心瀝血，呱呱
將月亮喚醒

## 小橋

將身體彎成弦
任溪流撥弄
一曲，高山流水

## 流水

聽說，遠方的遠方是故鄉
我要奔跑
母親在村口翹首盼望

## 人家

白雲牽起一縷炊煙
兩隻老狗在爭奪
我嗅到骨頭的香味

## 古道

走了千年
蒼老的我，看見
你的腳步比我更蹣跚

## 西風

當最後一片樹葉離去
天使將化成白雪
在天堂入口迎接

## 瘦馬

狼煙起
邊關烽火正濃
仰頸長嘯，橫刀千里沙場

## 夕陽

晚歸的孤雁
叼著一枚殘陽
歸巢，孵夢

## 西下

燃燒了整天的太陽
累得一頭扎進蘆葦叢裡
摟著荻花酣睡

## 斷腸人

寒鴉淒鳴
一口將落日吞噬
回首，紅塵已在天涯

## 在天涯

曼陀沙華正綻放
生命的旅程僅僅是
從此岸，到彼岸


2015.9.29

# 野寺蟬空鳴

晨鐘敲起殘荷眼中的秋殤
一株狗尾巴草醉漢似的
搖晃著詩意的露珠
推開野寺虛掩的門

暮鼓催落夕陽心裡的熱情
一聲蟬鳴，意興闌珊
轉身，禪房燭影明滅
紅塵已在天涯

2015.9.18 夜

# 在棲賢禪寺遇見陸羽

翻開一頁寺院的孤寂
擊木誦詩
一抹茶香
從盛唐溢出芬芳

在棲賢禪寺，我遇見陸羽
忘不了採茶的姑娘嗎
來，我用苕溪水為你熬煉經典
寫一壺甘醇清香的茶詩

哦，西塞山前
我和皎然正等著你與白茶約會
看，一千兩百年前那片雪花
正落在提梁壺中

2015.7.10；22:50

# 彼岸花

飛絮漫舞，笑多情太傻
將嫵媚瘦成白花
青絲染成霜

泣血而歌，嘆癡情太濃
用血色妝點嬌艷
紅顏著黃花

春分，曼陀羅華
披上婚紗
絕世的愛婉約忘川流水

秋分，曼殊沙華
帶上紅花
絕色的美，纏綿人間天堂

披一襲白紗
等你，用鮮血
為我塗一抹紅

見或不見
佇立岸邊
任歲月侵白髮

念或不念
殘陽下，我等你
千百次，輪迴

2015.10.2

## 歸路

我是西塞山前的一隻白鷺
背著江南的纖繩
連著故鄉的臍帶
牽著影子，走在回家的路上

塵沙染灰了素衣長衫
生命的麻線破洞而出
不捨得丟棄，就先丟棄了不捨
歸宿的旅途不用行囊

2015.3.12

# 傲世的孤松

雨舐著腐朽的昏暗
禿鷹噬食時間的瘦骨

堅忍滲透沉寂中安靜的年輪
傲然自得視流光為虛無

孤松和崖石野性的互動
沉默了烏鴉的叫聲

風捲起一地松針
像似收攏死亡的陰影

選擇獨樹崖邊一幟
我伸手向松祈求庇蔭

因為有一天我也會老去
死時方可安寧的躺在岩上

2016.1.14

## 生命的原色

1
哭著喊著
在一張白紙上
被摁下鮮紅的印記

2
血跡在手心漫衍
流過掌紋
蒼白了腳印

3
爬出子宮走進地穴
從黑暗又回到黑暗
中間只是一個白晝

4
歲月被磨盤輾碎
只有蒙著眼睛的驢子
依然轉著陀螺，一圈又一圈

2015.12.1

## 血色玫瑰—致家兄

死神在敲門
惡狠狠的模樣令人厭恨
無影燈下，靈魂盤旋依戀
門裡門外，咫尺如天涯

閉目合掌，佛祖拈花微笑
塵緣未了

二百分鐘的對奕
你贏了，死神悻然離去
生命之花
在白袍中綻放血色

靈魂俯身，欣喜將你搖醒
從遙遠的夢中
你回來了
帶著勝利的微笑，凱旋

2015.8.12；01:03 於上海

## 翻越魔山—致家兄

二十年沒被紹興酒薰倒
而今卻醉在無影燈下
任刀剪鉗針肆意開膛剖肚
直搗胰臟

靈的呻吟應和肉的嚎啕
魂在絕望與希冀間徘徊
魄在痛楚的軀體掙扎

烏雲在頭頂盤旋
三天三夜，奮力攀爬
終於翻過 lcu 這魔山的脊梁

捧著生命之花，你又回到
綠意盎然的芳草地


2015.8.13 於上海

# 鷹

我是勇猛的鷹，天性嗜血
但，我的爪只對敵人
你的臂彎是我溫暖的棲所

今天，　我要展翅
叼回天邊彩霞
用雙翼為你撐起一片天空

請允許我馱你飛越蒼穹
閱關山覽戈壁
林海雪原隨你策馬奔騰

今天，我要遨翔
採回天山雪蓮
讓她綻放在你的窗臺

我是勇猛的鷹，天性嗜血
但，我的爪只對敵人
你的臂彎是我依戀的棲所

2015.7.25

# 父親栽下的梧桐

螞蟻爬進洞穴啃著樹的關節
年輪旋轉著衰老的呻吟

庭院中,梧桐撐起天空
倚著樹杆,想到父親的肩膀

枯葉落下,風起
攪碎樹蔭下遐思的我的影

梧桐終老了孤
一片烙著父腳印的落葉
在飄零

2016.3.17

# 三月以後不再哭

不知道淚的重量
只想撐一把油紙傘
聽雨珠滾落的聲音
或是在窗前
看風撩撥豎琴的弦

不知道雨的重量
總以為寫詩就像風
用手指將雨珠輕彈
把大自然的和弦
婉轉成浪漫的音符

三月以後若再淚
那也是老天的嘆息，而我
只想讓小小的哀傷，在雨裡
滾落成晶亮的星星

2016.3.25

# 路

提到路
腦子裡閃過的
總是狹狹長長
一塊接一塊的青石
在河埠頭蜿蜒
像一條臍帶
牽著我和母

自從剪斷臍帶的那一刻
便再也回不到
溫暖的子宮


2016.3.26

# 空門

抓一把日子，隨便一擰
滴滴答答滲出水來
雨季，心情也散發出黴味

夏天帶著去年的洋裝來敲門
經過一冬豐盛的餵養
單薄的紗裙裹不住女人的豐腴

乾脆，借老尼一襲寬袍
將肉身連三千煩惱絲一起推進
推進，空門


2015.5.22

# 靈魂（一）

夏夜，走在雨中，清風吹過，點點化為
絲絲。一股清涼意。腦海不斷湧出殘句
短詞。偷聲減字，便完成了下文。

風後面是風
天空上面是天空
我身後是我自己

午夜，悄無聲息從軀殼鑽出
穿過山川越過河流
自由的呼吸
自由的思想

黑夜長出鮮花長出青草
在夜的曠野
我抱著靈魂在天庭舞蹈

天庭黑暗而空虛
眾神已睡去
上帝浪跡天涯
惟有我在曠野遊蕩

夢境猶露珠，日日破裂又重生
遠方除了遙遠還有什麼
人類的盡頭仍有人類的氣息
生與死靈與肉兩副面孔

我忽然覺悟
似乎多賺了一條生命
於是化為碎片繽紛
在帶著晨露的花瓣中入眠

風後面是風
天空上面是天空
我身後是我自己


2014.2.23

# 靈魂（續）

雨還在下．雨一直下．懷孕的雨
產出了［靈魂］的續

黑從山谷悄然顯身
月亮在夜的心上低吟
追風尋月
我又來到曠野
在黑夜的軀體上悠遊

山崗，草坡，溪邊
我遇見了另一個靈魂
我的王子，詩歌王子
王子取下他的一根肋骨
從此便有我相伴

茫茫曠野荒漠的夜裏
兩個靈魂背靠著背
數著星星寫著詩

詩是取走我們屍骨的禿鷹
無以言說的兩個靈魂

從天涯送走黃昏
擁抱著與太陽一同燃燒

從曠野到曠野
黑夜在我的詩裡停住了腳步
龜殼獸骨古老的文字撒落一地

這是多美好的時光
這是多美妙的遊牧
這是羊皮紙上古老的故事

曠野無聲，荒漠無語
遠處的山丘寂靜默坐
像一個古老的誓言
守望著它的秘密

詩，從黑夜開始在黑夜結束


2014.2.25

# 今夜月兒也在哭泣

寫了靈魂，不由不寫黑夜

夜迷離朦朧，月幽靜哀怨
那麼的淒美婉約，浪漫多情
我喜歡黑夜，因為夜裏有月

連日在夜的曠野遊蕩徘徊
思想也混沌了起來
生與死靈與肉，存在與虛無
一切都那麼的空幻

不知的我是快樂的
一知半解懵懂的我茫然了
覺悟後或許是安然寧靜的
然，有誰真正覺悟了

雨天的夜黑得如倒扣的鍋
宛如生命盡頭宿命的秘穴
感覺在空洞無底的深淵
墜入，盤旋；墜入，掙扎

生命深處熱血在呼喚
渴望從黑夜浮現一絲曙光
此刻，寫黑夜是一種苦痛
是一種迷惘的苦痛

心情沉重潮濕
就像水裏撈起的一塊浮木
今夜，連月兒也在哭泣


2014.2.26

# 聞鐘

滴答滴答
你跑得太快
雙腳沾滿流年的塵沙
追不上你的步伐
情願被拉下
讓時間停在我的腳下

滴答滴答
你跑得飛快
雙腿沾滿歲月的風霜
趕不上你的節奏
拖著你的後腿
讓時間在我的詩中老去

滴答滴答
走你的路吧，不管你去向
我想留下，聽流水輕吟歡唱

2015.11.10

## 夢醒時分

渴望如海水
越喝越乾
欲望如身上的疤
越抓越癢

在與回憶的相會中睡去
醒來又是黃昏
忘記築了什麼夢
潮紅的臉上
殘留著夢遺的燥熱

打開除濕機
抽乾一夜的潮濕
連同回憶一起風乾
曾經美麗的夢風化成木乃伊

坐在電腦前看著鏡頭
睡眼矇矓，素顏篷髮
驀然發現
夢醒後才是最美的真我

2015.1.25 夜

## 我夢中的夜光杯

我夢中的夜光杯
泛著藍光的憂傷，總在
夜深人靜時出現在枕邊

殘缺的人生的杯
請為我傾倒
夏夜烈酒的熱情

夜光杯，黑夜的靈魂
裝滿了晨露裝滿了彩霞
寂靜優雅在我的枕邊

詩執筆於我
執筆於杯中如血的酒
詩人，你就是杯中醇香的美酒

藍色幽光舔著我
紅色液體舔著我
心怦怦作響，節奏快感了欲望

鮮血在澎漲
詩意在澎漲
皮囊碎裂靈魂出竅
所有的一切在杯中消失

消失再重新組合
在迷茫和混沌中

在紅色液體中，我擁抱著夢
蘋果樹在夜裡吐著香氣
酒的香氣，胴體的香氣

酒中的豹子，酒中的綿羊
暴力呻吟痛楚
赤裸荒蕪魔幻

往昔歲月收納的一切
盡在杯中釋放，這瞬間
仿佛看到杯壁爬滿了字

熱情在杯中溢出
溢出熱血的詩句
比酒還醇香，比酒還誘人

殘缺的泛著的憂傷的夜光杯
請為我再倒一杯
盛滿夏夜熱情的烈酒

2015.6.8 夜

## 問佛

走進禪寺，金壁輝煌
誤以為步入天堂
選擇最靠近神的蒲團
屈膝，叩拜

願慈悲，慈悲普天蒼生
願鮮血過後開成潔白的蓮
跪起，抬頭
昏暗中看不清佛的臉

風裹著爐臺的香煙
如黑衣人訕笑著飄過
丟下灰色的心情
我，倉促離去

寺外，正巧一只烏鴉飛過
留下一聲
觀世
的音

2016.4.1

## 月圓情人夜

循著人類的腥味
奔走在荒蕪廢墟
頹敗的土牆伸出一隻冰冷的手

野玫瑰
擋不住飢渴的誘惑
釋放靈魂
吮吸黑夜的氣息

嗜血的妳捧著餐盤
豐唇香餌
品嘗青春祭祀的供品

破曉，萬道旭光利劍
刺向妖舞的群魔
狼群四處逃竄
你，又回到古堡幽冥的棺槨

2015.2.14.17:30

## 若我去時

若我去時
不要哭泣，請用
微笑妝點我的祭壇

若我去時
如我來時，赤條條
來去了無牽掛
只盼，用鮮花和詩稿
鋪墊我的棺槨

若我去時
別無所求，只盼
老天賜我一場紛飛大雪
那飄舞的精靈
是我靈魂飛向天國的風姿

若我去時
我將偷渡奈何橋
不用悲傷
從此岸到彼岸
去了，我還會再來

I'm who I'm
你看
一隻白鷺飛來
轉世
我又佇足在蓮花池畔


2015.6.4

## 為大海癡迷瘋狂

迎著浪的花朵，滑降
踩著濤的鼓點，起舞

關關雎鳩從詩經走來
站在千年岩礁
尋覓離騷的魂

濤拍岸，力透邊塞金戈鐵馬
浪飛濺，乍泄唐宋綺旎月光

擷幾朵白浪釀一缸酒
醉得月亮也跌落海裏
與我一同為大海癡迷瘋狂


2014.1.21 夜 21:45

## 踏浪

穿過潮的白紗
跳上浪的肩頭
用披肩兜起繁花萬朵
為我的詩賦譜曲

血液拍打骨骼的聲浪
是我生命的吶喊
一道道潮湧
湧動著生命的倔強
一陣陣浪起
澎湃著生命的激情

潮水湧來，思念湧去
述著心靈的遷徙
來了，我還是要去
去了，我還是要來

我是一朵浪花
註定在海的懷中綻放

2014.1.16 夜 00:07

# 江南的雨巷

走在臺北的街頭
風攜著雨珠滴在眼眉
滑落唇邊，鑽入嘴中
些些澀澀甜甜，如風中飄蕩的思念
思念著江南的雨巷

深秋的那日
撐著油紙傘打九曲巷走過
一片沾著雨珠的紅葉悠悠蕩蕩盤旋飄舞著
在我眼眸印下一道美麗的風景

我看見葉脈行行間鑴刻著歲月的詩句
那頁詩籤飄入苕溪
唱著歌向遠方流去

詩從思念中走來，帶著幽幽的蘭草香
文從等待中孕出，帶著水仙的芬芳
鄉戀的情愫在詩裡綻放

今夜苕溪的雨巷是否寂靜依然
靜的能聽見我思念的飛絮在葉脈上滑過
在你夢中留下一首動聽的戀歌

走在臺北的街頭
思念穿過寂寥的夜空向你走來
這幽幽，悠悠的
江南的
雨巷


2014.12.5

# 橋（外一首）

1
將一生彎成弓
只為渡你
東來西去


2
輕一點
雖然是鋼筋鐵骨鑄成的
但，我也會痛


2015.6.24

# 石頭引

1

百年之後，我要
以你為碑
有字無字，隨便


2

怕荒草將我掩蓋
借你之軀為我立書
有字無字，何妨


3

就讓我的詩
長成一朵小花
轉世，我還會再來


2015.10.26

## ▌作者簡介

# 項美靜

浙江湖州人，出生杭州，2000 年定居臺北。杭州大學高等教育自學考試漢語言文學專科畢業。作品散見台灣葡萄園詩刊、有荷詩刊、大海洋詩刊、笠詩刊、海星詩刊、乾坤詩刊、野薑花詩刊、中國小詩苑詩刊、華語現代詩刊、台灣現代詩刊、中國射門詩刊、西冷詩刊、上海埔江詩刊、長衫詩人詩刊、國際城市文學優秀作品集、美國新大陸詩刊及菲律賓聯合日報等刊物。曾獲 2015 年西冷詩社詩歌獎及 2015 年國際城市文學優秀詩人獎。